KB056466

# 돌아온 희야

# 돌아온 희야

borim
도서출판 snp

# 인사말

2018년 10월 어느 비오는 날 무작정 우산도 없이 전철을 탔다. 동해로 가려다가 차비도 아낄 겸 4호선 전철을 타고 오이도를 향하며 나는 틈틈히 페북에 어느 역 어느 역 하면서 글을 올리며 빨간 등대로 향한 것이다.

오이도 축대에 도착하니 비는 소슬하게 내린다. 30대로 보이는 젊은 한 여인이 아까부터 내 주위에 맴을 돈다. 그녀에게 말을 건네는 용감한 나를 발견한다. 그 당시 나는 페북에 라이브를 즐겼기에 그녀와 대화를 잠시 방송을 하였다.

축대를 함께 거닐다가 노천명의 시비 사슴을 읽어 내리며 모가지가 길어진 사연을 이야기하니 그녀는 또박또박 대화를 함께 즐긴다. 아마 시에 대하여 관심이 많은 것 같았다. 그리고 미련없이 헤어졌다.

그해 11월 11일 이 책의 그림을 그려준 무아 조남현을 만나게 된다. 몇몇이 피맛골의 낮은 천장 아래서 막걸리를 마시는데 조화백은 엄청 즐기며 자신의 예술관을 펼친다.

그리고 지금까지 미우나 고우나 끈질긴 만남을 이어간다. 그녀는 나에게 사랑이 무엇인지를 설파한다. 아내에게 애정 결핍증을 앓고 있다는 말을 수없이 듣게 된 까닭을 깨우쳐 주는 그녀이다,

묘한 일이 일어난다. 1집에 젊은 여인의 죽음을 실었다. 5집에도 또한 젊은 여인의 죽음을 애도하였다. 두 여인 모두 30대 여인이다. 한번도 만나지는 못했지만 톡으로 통화로 6개월 남짓 마음을 털어 놓고 그녀들은 떠났다.

이 책의 내용은 특정한 어떤 여인애 대하여 쓴 것은 아니다. 그냥 내 안에 숨겨진 여인을 끄집어 내었을 뿐이다. 두 젊은 여인 또는 지금에 내 주위의 여인도 아니다.

그냥 내안에서 웅크리고 조잘리던 어린 나이로 멈춘 여인 피터걸과 독백이라고 생각해주면 좋겠다.

2020년 8월 20일 희야를 토하면서,

한톨 김중열 쓰다.

꽃을 든 희야

# 희야 1

희야!
사랑이란 그냥 밀려오기를
또는,
사랑 계약서 쓰기도 어줍을터

양푼이에 술이 차오르면
취하고 싶다  욕구가 없어도
습관적으로 마시걸랑

비록 취하여 하루를 달랜다 하여도
계영배의 절제에 따라 삶이 구르는 밤바다에서
등대 밝혀 사랑을 지키려고

사랑이란 아름답다 하기를
취하려고 구걸하려고  채우려고 그럴까

그리워 기다리다
고독에 떠노니는 그런 것이 아닐련지.

# 희야 2

희야!
가을에는 낙엽을 밟어보자 했었지
지난 여름 함께하지 못했기에
이 가을에는 예전에 거닐었던 해변가를
이 곳에 불러보면 어떨까 묻고 싶단다

희야!
노래를 불러보자 했더냐
낙엽 사이사이에 젖어든 멜로디 줏어들며
지루박, 뽕작, 트롯 그리고.....
마냥 줏어들며 웃어대는 그 모습  보고파서

그리워지는 가을 어느 날에
어줍은 미소로 또한 불러보련다

희야! 우리는 바람을 부르는 바람을 불러
갓 떨어진 갓 붉어진 햇낙엽 헤어가며

베짱이를 불러보고 개미등에 타고
세월을 낚어가자 갈섶따라 거닐었지
만나면 헤어지는 아픔이 있다 하여도

그 아픔이
성숙하여 낙엽으로 그리움  그려 간다지

늘 보고 싶어 가을을 기다렸다고
만나면 헤어지기 싫다고 칭얼리기도.

사랑이란, 만남이란 가을이 늘 기다리기에
여름에 불러보겠다는 대중가요가 멈추어진
가을이 덧칠해진 어느 벤치에서

희야를 기다리고 있겠다 문자를 보내면서
들 떠노는 가슴 어루며 설레이고 있단다

# 희야 3

무엇이라 말을 꺼낼까
늘 무엇을 하려며는 장애물이 툭!

저 고개 넘어가면
저 산을 오르면
저 바다를 건너가면

늘 궁금하기를 여직이더라
오늘 먼 곳만  바라보다
찰라에,
잿빛에 해골되어, 멈춧!

희야가 보내준 한줄의 메시지
"강 해버리세요"
저 너머에 뽀얗게 먼지가 인다

고맙다
이 한마디만 희야에게 할뿐!

# 희야 4

밤이 깊었다. 창문을 두드리는
별도 달도 숨겨진 그런 하늘이 밉다

희야가 살고 있는 곳은 어떨까
낮에는 다람쥐, 청솔모, 고라니 그리고 새들
곳곳에 쌔근쌔근  밤 하늘에 숨소리만 울린다
아파트 창가에 밝힌 불, 오늘따라 그리도 낯선 것일랑,
그곳이 괜스레로 낯이 익게  비추이는 까닭일랑.

희야! 삶에 지친 나그네 그 곳에 지나가걸랑
외양간 곁에 천막 치고 워낭소리 들으며
잠시라도 평온에 쉬어가게 해줄련?
나그네 별  하나  불러 내리어 별빛 발하여 밤을 지새워
율려를 불러보련다.

희야를 위하기를.....
별빛 타고 춤을 추겠다  하더란다.

# 희야 5

희야!
세상에서 가장 아둔한 질문이 무엇일까
생각한적 있었니? 토끼와 거북이 이야기로

사람들은 흔히 그게 최고야, 또는 내 친구가 이런 사람이야
등 남을 내세워 자신을 돋보이려는 우매함, 정승의 머슴이 대
감행세하며 우쭐하는 그런 그러한 이야기들

사랑이라 하니까 마치 세상의 모든 사랑을 다해본 듯이
사랑은  이렇게 하는거야 하는, 해변가 에미게가 새끼들에게
걸음걸이 탓하는
유치하고 아둔하게 광포를 떠는 못난 이들
사랑이란  그냥 느끼고 깨닫고 계획도 바라는 것도 없이
세월을 나무라지 아니하며, 고고히 흔들림이 없어
존재로 위로 받으며, 토끼 거북이 옛 이야기로
마냥 마소  짓는 것!

마음을 함께 하며 비어진 세월을 아름답게
채워가는 그런 것이 아니겠니?

# 희야6

먼 산을 바라보자, 쾌한 아침이다
매지구름에 가려진 어제를 잊고 부푼 가슴에
양손 뿌듯하게 기지개 한입 크게 뱉어내고
그런 그 곳에서 우리를 부른다 하더란다

신발끈 질끈 동여매고 가을이라 가을노래
부는 바람 머릿결에 실어 낙엽 따라 가버린
사랑노래 휘파람으로

구비진 갯물 거슬러 연어등에  내마음  실어
삶의 고향 그곳으로 한발씩 디디어 가기를

가을 달밤 휘엉청청 다디미 방망이질
콩닥이는 붉어진 볼에 바람을 가득 담아
세월 낚는 꿈을 그려가잔다.

# 희야7

사랑하는 것이 받느니 보다
행복하나니라

어느 시인의 이 한마디가
오늘 더욱 행복해지기에
하루 종일 되뇌이며
문자를 기다리기 보다는 보내노니

희야!
나 자신을 사랑할 수 있는
용기를 주신 그에게
감사하며 경배할지니
이 또한 살아 있어 행복으로

희야를 기다리고 바라보기를
오늘도 설레이며 기다릴 수 있기에
이보다 더한 행복이 있겠느냐

사랑하는 것이 받느니 보다
행복하나니라 되뇌이며

언제인가 희야에게 읊조릴 수 있다는
그런 자그마한 바람으로 가득 부풀기를

기다리고 기다리겠다 하기를
오늘도 손바닥 창문을 열고
기약 없는 약속에서

혹여 곁에
있을지도 모를 사랑을 기다리노라
주문을 외우고 있더란다

## 희야8

사랑을 받는 것 보다
먼저 함께하여라

희야 !
이별이란  만남의 나머지인 것을
처음엔 슬펐다 거듭하여 비어진
그 곳에 피어오를
만남이 숨겨 있어 삶의 그림자란다.

희야!
싫커정  슬프다고 쏟아본적 있겠지
서럽고 서러워서 없는 눈물  짜내보면서
죽고 싶다 그리 서럽다고 그럴 때마다

그러나 지나고 보면
이별이 떠나면 저별 하나 다가서
얄밉게도 삘쭘히 바라보는
어린 아해로 있더란다

꽃이란  피었다가 즈려가기에
우리는 또다시 피우련다는 바람이 있기에
늘 바람을 품고 꿈을 그려가지

희야!
나팔꽃이 힘차게 어릴적 나에게 손을 내밀며
바라보던 그런 날들이 떠오르는 한낮이란다

이 또한 저녁이 되면
막걸리 한사발과 함께 사라지겠지만
내일이면 피어 오르리라 하는 바람뿐

그래서 사랑이란 함께라는 것
그것을 알게 되더란다.

# 희야9

빰빠빰 빰빠빰 또 만나요
하루의 일을 끝내고 습관적으로
또 한잔의 술을 갈구하니

예전과는 다르게 여유로움이 가득하길래
도심의 거리에 뉘인 복제품 여럿 그림자를
욕심내어 가득하게  봇짐을 채운다

희야! 다람쥐가 체바퀴를 돈다고
또는 우리의 행로가 끝 모르는 뫼비우스의 띠를
돌고 돈다는 그런 흔한 여로로
수다를 떨어가며 빈잔을 채우고

또다시 비워가는 오늘 밤에게 호령하기를
가지 말아라 게 서 있거라 한들
희야를 보고파 그리워하는 넋두리로
음표를 내던지며 쉼표도 없는 도돌이표로

아스팔트에  오선줄을 세워 채우며
흐느적 흐느적이며 흥얼린다

이제는 우리가 헤어져야 할 시간
내일 또 만나요 하건만
만난 일도 이야기할 것도 없었기에

빰빠빰 빰빠빰
그래도 내일 또다시 만나요 흥얼 흥얼리며
도심에 흔들리는 검은 카펫을 휘감으며

나를 습관적으로 그런 그림자
그 안으로 또 숨기고 가더란다

# 희야10

칠순이 넘은 내가 친구에게
28세의 여인을 사랑하고  있다니까
이 친구 왈 신경질을 버럭
니 아들이 몇살인데 그런 소리를....

내가 풍요한 것인지 그가 빈곤한 것인지
각자의 몫이련만 몽당 삶의 기준이 다르겠지

희야를 사랑한다는게 짝사랑이련만
가을이면 늘 해변에서 고조高調거니 함께 걸을
그 젊은 여인을 기다리건만 여직에 홀로란다

희야에게 혹여 상처를 주거나 입힐까
염려스럽다 그럴 이유는 없단다
무지개 그 안에  있는 꿈의 사랑이란
보이는 일곱개 말고도 적외선 자외선도 또한
순간의 여운이 아카시아 향기로 오래오래

그런 상념들로 무지개 뜨고지고 하건만
사랑은 그리 마냥 흘러 가는 것이기에

희야! 그런 사랑을 마냥하고 싶다
그런 마음뿐인 게야

# 희야11

잔잔히 밀려오며
새록이 다가서는 그 많은 이야기
그 모든 것 다 품으련가만
그 중 하나 사랑을 빙자하기를
당연하게 해달라 하는 ....
휴우 힘들다 소리하기를
뉘가 알려 주련마는
그런 웅덩이에서 너를 향한 갈구

그런 것은  없더란다
변명의 소리만
텅빈 수레바퀴에 덩달아
요란하거늘....

# 희야12

단풍색 짙게 물든
갈밤에 서러워진 바람들 울며 지나간다 하여
겨울도 없이 봄이 오련가만

언제인가  찾아 오겠다는 기약 있어
오늘도 별빛 실어 나를 불러 달라
바람 한줌 아파트 베란다에 기대어
먼 하늘에 낙엽 하나에 손사래 하더란다

사슴이 모가지가 길어져
내 별까지 길어져
기린이라 부르리까
사슴이 아니더라 말하리까만

봄을 기다리는 그리움이 있어
달빛 건너 마을에서 흰 당나귀 우는 소리
응앙응앙 타고 오는 메아리로

나는 오늘 밤도 행복하다
겨울 오는 턱에
곧 봄이 숨겨오리라
위로를 받기에 즐겨하리라

사각사각 막걸리 내음 숨어오는
이밤 중턱에서 지독한 고독은
가난에 쩌든 나를 친구라 그리 불러주건만
오겠다는 희야가 있다 그냥 가거라 하기를

하이얀 꿈들 불러 불러 모아모아
그리그리 즐겨보리라
오늘 또한 희아를 기다리겠노라 하며.....

# 희야13

늘 기다리겠노라
오는 봄에는 올 수 없다 하여도

그리움으로 그리 기다리겠다
망부석 하나 불러세워
바닷가 바윗섬에
저기 먼 곳에서 밀려오는 너울
그 위에 떠도는 그리움 한조각 줏어
가슴 한구텅이
한줌 두어줌 여럿 주움 쌓으리라며

사랑하노라 그런 말보다는
사랑했노라 하기 보다는
사랑했기에 하기에 그리 기다리겠다는

그런 바람으로 사랑하리라
그리 조아리며 기다리겠다 새겨가리라

기다린다는 마음으로 여직에
벅차 오르는 그리움에 가득한
오늘이 행복하기에
오지 아니하여도 사랑하리라는
풍요한 여유만으로 기다리겠노라

깊어가는 매일 밤마다 읊조리는
달무리도 피곤하다 숨겨가는 외로움
피곤한 고독마저 어제로 잊어가는
그런 망각의 낙엽이 층층하게 퇴적되어
이 가을을 기억하겠다 슬퍼한다 하여도

나는 희야를 사랑한다 그 한마디로
매일 밤 밀려오는 그리움 포개고 또 포개어서
가을이 떠나가는 길목에서 편지 한통에
사랑하기에 사랑했다는 넋두리를 건네련다며

비록 지금은 고독으로
혼마저 외롭다고 울며불며 떠돌지라도
별도 사라진 지독한 고독이어도

희야! 하고 부를 그리움이 있기에
너울에 밀려 가는 가을이 비록 아쉽다 하여도
기어이 오겠다는 약속 하나를 부여잡고

세월에 노래하여라
희야가  오겠다는 약속의 노래를.....

# 희야14

희야!
오늘 아침은 가을이 몸살을  앓고
부르르 떨고 있기에
옷깃을 당기며 집을 나섰단다

길에는 치덧한 낙엽들이
푹푹 쌓이기를 서슴치 아니하고

나는 괜스레
울적하여 느린 걸음마 연습으로
한적한 보도블럭에 발도 굴러보며
버스 정거장으로 걸었단다.

평소보다 더욱 몸을 움추리며
가야한다는 가을에 섭섭하다는 마음일랑
오겠다는 겨울에 하얀 눈을 기다리는 그런 설레임이
요사스런 그런 느낌으로 다가서기를.....

어느 시인의
「산골로 가자 출출이 우는
깊은 산골로 가 마가리에 살자」
라는 싯귀를 떠올리며
처연하게 발걸음을 헤여
신호등 앞에 서 있기를...

이번 겨울에는 바닷가에
오막살이 집 한채 있다면 클레멘타인도 불러서
모랫사장에 푸석푸석 쌓인 하얀 눈에 발자국 드리워서
그 곳에서 하모니카로 너훌너훌 너울도 불러서
희야의 친구 내 친구 모두어 작은 무도회로
초대하여 볼까 서름해진 지금이란다.

희야! 아무도 밟지 아니한  무인도를 찾아서
눈이 펄펄 내려  첩첩한 태초 그 이후에  첫발자국을
그곳이 있다면 찍어볼까 그마저 궁금하기에....

# 희야15

희야!
가을이 가는 바람이 시리구나
비에 젖은 낙엽들이 바람을 불러 피리를 불고
길을 걷는 객들은 몸을 옷깃을 사리는  거리

홰앵하게 손수레를 끌며
무명가수는 버스 정거장 근방에 주저 앉아
무엇인가 마구 두드린다
홍도야 울지마라 불러보고
바람아 부르면서 절규를 하는듯 두드린다

구경하는 이들 손이 시리다
아무도 돈 건네지를 아니하고 재미진 표정만
던져지는 정거장의 쓸쓸한 가을 풍경

내 주머니도 썰렁 바람만 지나치는
예전의 풍요를 잊어버린 시절이련가 하는

노래를 부르는 거리의  악사는
텅빈 돈통을 채워 달라

빠른 템포로 엇박자도 곁들여
깡통도 드럼으로 두드리건만

내 바지주머니 바람만 요란스레
행인들을 거쳐 소란 속에 빈통을 맴돈다
잠시후 거리의 악사는 바람만 채우고
어디론가 떠나간다 구름을 불러

희야!
이 가을이 힘이 들다면 속에만 담지말고
갈대밭에 서서 침묵을 뱉어내고 두드려 보자

소리를 질러보렴
임금님 귀는 당나귀 귀 하면서.....

동심

# 희야16

가을은 결실의 계절이라 하였건만
한가한 거리에는 미화원들의 부지런인가

낙엽도 아니 보이니 그참 묘상하기만
괜스러이 어수선하기는
맞은편 화장품 가게 쇼윈도우 아래
벌써 추위에 떨고 있는 노숙자는
빵 한조각 손에 들고 졸고 있고
점원은 그에게 다른 곳으로 이동해 달라 하기를
지쳤던가 핸펀을 들고 신고를 하는듯 하다

그가 왜 그리 됐는가도 궁금하지 않는 것일랑
일찌기도 가로등이 길을 밝히는 것일랑
다른 곳 은행 잎은 노란색 띠우건만
우리 앞에 은행 이파리는 여전히 녹색인 것일랑
괜스러이 어수선하기를

깊어가는 거리의 가을은 새삼스레 나에게 다가서서
노숙자나 점원이나 은행이파리 가로등은 변해가건만
어찌 그리 목석과 같이 느리나며 탓을 한다

희야
가을이 가버린 텅빈 자리로 달려오렴
낙엽을 밟으며 횡하니 걷고 싶구나

# 희야17

가을이 지쳐 잠시 쉬어가는
오래된 숲이
수 천년 쌓여온 낙엽이 겹겹하니

토끼도 다람쥐도 꿩마저도
태곳적 구름마저 꿈을 꾸는
그런 숲에서

그리 불던 바람으로 멈춧한
바스락 소리도 없는 적막 속에
부스럭하며 쌓인 낙엽을 제치고
기지개를 펴는 어린 천사가 있더란다

천사라 하면 나를 줄 알았지
이 어린 천사는
나르는 연습을 하다가
이 숲에 추락을 했는가 보다

바람이 스치다가 찬사에게 묻기를
어데로 데려다 줄까 하고
어린 천사는 어데가 무엇이냐 갸웃둥만

바람은 고향이 어데냐고
부드럽게 다시금 물었지만

어린 천사는 맑은 눈만 깜빡거리며
너는 누구냐고 되물었단다

바람은 더 이상, 내가 필요하면 불러달라
푸득푸득 나래짓하면, 그때 또 다시 오겠노라
너의 주위에서 맴돌겠노라 했건마는

어린 천사 갈곳이 있는가 보다
날 수가 없어, 바람은 그냥 언저리에서
안타까히 메아리를 품고만 있기를....

# 희야18

뒷산 삼성산에 올라
너를 부르고파 소리를 지르려다
돌아오는 메아리가 쌀쌀할까
오늘도 오르기를 머뭇만.

관악산 줄기에 묻혀 있는 삼성산
그 등성이에 얹혀 있는 아파트 구텅이에서
하루하루를 보내는 어느 노시인의 절규를
들어본들 무엇하련가 염려로 한숨뿐

때론 살아 있다 흰소리로 고함치며
그 산들을 흔들고 싶다 외쳐보기도

그리움이 쌓여가는 낙엽이 묻혀가는 그런  파도소리로 너울로 일렁이며 밀려오거늘, 노시인은 그 모두를 품겠다 우기고 있다. 밤하늘에 블랙홀이 모든 별들이 흔적없이 받아 들이다 한번에 몽땅 내뱉는 어느날에 노시인은 깊은 가을 베게하여 뉘어 있단다. 시리고 무거운 그림자로 둘둘 말리여 마지막 밤의  모든 절규를 품은 노시인은 이밤이 가기 전에 메아리로 산산히 부셔지며.....

지친  혼  부여잡고 환희의 절규에 실려가며
하늘에 뿌려 별이 되어 사라져 갈까?

# 희야19

설레임이 빠져나간
그리움이 그리움을 잊고 침전이 되고
그리고 고요와 적막만이 맴돌더란다

거리에는 많은 이들이
오고가는 부산한 거리를 바라보노니
외면당한 그리움 그리고 곁에 설레임은
그마저 고독하다고 쭈그리고 앉아
비어진 자리 채우려고 기다린다 하더라만

나는 어떠하겠냐 뜬금없이 물어 보았단다
한참을 지나도 답이 없기에 바라보니
모가지가 곧추선 어린 사슴만 손사래질뿐

낙엽은 가을을 외면하려 저만치 뒹구르고
잃어진 사유思惟는
치덧한 가을밤을 삼키며 모른척뿐.

# 희야20

늘 그러하지만
가을이 떠나가는 길목을 오늘도 바라본다.

이미 겨울이라기는 어줍은
오늘 따라 청춘들이 참새흉내로
재잘재잘 그리고는 저만치 멀어져간다.

진열된 가방을 이방異邦 여인 둘이 만지작인다
화들짝  일어나서는
"방가방가"하며 미소를 띠우던 나는
"깎아주세요" 서툰 발음에, 나는 고개를 끄덕인다.

웃음을 머금는 모습으로 떠나는 두 여인이
그리도 보기 좋은 이유는 가을이 가는
풍경에  비하여 따스함이 있어서 그러하겠지.

멋진 시월의 어느날을 기다리다 지친
혹은 하이얗게 소박하게 내릴 눈을 기다릴
그보다 스쳐가는 따스한 바람이 손을 내민다.

희야!
산다는게  그런가 보다 기다리다 지칠지라도
스쳐가는 바람이 있어 사계절을 우리는 품고 있어
그러기에 힘들다 하여도 살맛이 나기에

바람을  품을  수 있어 살아가겠지.
곧 짙게 드리워질 어둠이 있어도
별이 반기며 달 또한 앵겨드는
그런 밤하늘이 있어 살아가는 재미에

힘든 하루에도
미소가 그려지는 그런 밤을 기다릴 게다.

# 희야21

늘 그러하듯 오늘도 거리를 걸어가며
혹여 희야가 보일까 찾아 헤메인다

어느날 사라져간 그림자일랑
문득 존재란 무엇인가 곰씹으며
그 많은 사람들 사이사이로
여전히 인사동의 밤거리애 내뱉는다

옛 피맛골 선술집도
이갈비로 바뀌었기에 궁금했는데
고등어 고갈비 이면수 이갈비라 하기에
그참 하며, 고개짓으로 끄덕끄덕

그 선술집에 희야가 있을까마는
두리번 서리번 너리번, 넋살로  둘러보며
들이댄 핸펀에 비추이는 젊은 한쌍 묻기를
유튜버이시냐 흔쾌하게 받아 주더란다

늘 그리하듯
오늘도 희야는 아니보여
발자국 소리 요란한 인사동 거리이건만

그리 한산하다 느끼는 것은 당연지사 이련만
그리 허전한 것은 무엇일까 또 궁금하기를.....

# 희야22

철장도 없는 새장에 갖힌
자그마한 몸집에 소리가 꽤나 요란한
새 한마리가 낮잠을 즐기며
깟닥끄덕 그네를 타고 있단다

하늘 높게 날아올라 노래를 부르겠다
노래를 하다가 또다시 졸기를
꿈만 이고 가는 그 모습이 너무나 애처로워라

철장도 없고 보아주는 이도 없다하며
너는 왜? 그  많은 이들만 처다보며 부러워
투덜대며 다시금 그네에 의지하며 졸기를

몽당진 나머지 삶의 여정을
노래를 한다 처연스레 울고 있다
너는 어이해 그리 슬피 우짖으며
오늘 밤도 노래하겠다 노래하기를.....

# 희야23

인간은 신을 전지전능 하다고 믿는다
신 또한 인간을 믿을까 하며
주어진대로 회개하고 용서를 비나니

인간은 때론 신을 모른다
바라는대로 주어지지 아니한 것은
인간의 마음에 신이 죽어 있기에

언제인가는 내 안에서 활짝 피우기를
희야 또한 나를 믿을 게다
내가 믿어주는 그녀가 살아 있기에

그래서 믿는 자에게 복이 있도다
맞다! 맞어! 믿으니 편하여라
복 있는 자는 그리 믿는다 하기에
희야는 복이 있을지라 믿는다

# 희야24

늘 바닷가가 그립기를 오이도의 빨강 등대
그리 설피 보고싶어 비가 그리 오는 날

가슴에 드리워 마냥 북받쳐올라
매지구름 한덩어리 토해내려고 갔었지

축대에 오르니 내리는 비 여전하기를
한 낮의 바다가 비에 취하여 비틀거린다
떼를 지어 나르던 갈매기들 놀래어 소리하며
다시금 하늘로  날어 오른다. 비상이다.
덩달아 상기되어 하늘도 치덧이 나르더란다

희야!
그날 너를 만나고 밤을 지새우기를
사랑도 아닌,내리사랑 아니겠느냐
되물어 그리 바래보는 마음 뿐.

그래라, 밤이 되면 등대불이 그리 낯설어
갈매기들 서둘러 그리도 울었나보다

그립다 그보다는 너를 만난 기쁨에 취하기를
막걸리도 잊었단다. 갈매기 떠나버린
불 밝힌 등대 보고파 불러볼까 달려갈까나

# 희야25

주룩 주루룩 내리는 비에
떠나간다 하여도 부잡지 아니하련가
그리 칭얼리며 창문을 두드린다
하루종일 쉬지도 아니하고

비오는 거리에서
낙엽을 불러세우며 가는 가을을
보내려 했건마는
감기가 발목을 부여잡는다

칼칼한 기침소리 틈틈히 내뱉으며
베란다 밖을 바라보다
수육 한접시 그리고  따스한 콩나물국
시원 걸죽한 막걸리 한통 곁들이며
오늘 하루와 수다 떨련다.

희야!
너는 알고 있느냐? 삶이란 것을
아니란다 시간이란 괴물을
삶아대고 삼키고 우겨대기를
마시고 취하여서 꿈을 꾸어 보겠다는 핑계 속에
술레잡기를 즐긴 비오는 날의 비애悲哀

종착역이 가까이 다가서는구나
아쉬움도 서러움도 가득했건만
비오는 날이면 바보가 되는 나를
거듭 바라보며 힛죽 웃는다

창문을 바라보는 바보 영구는
희야를 만난 기쁨이 있어
양볼에 눈물 흘려내릴 이밤이란다.

# 희야26

희야!
그곳 하늘에도 별하나
떨어진 것 보았니
고 신성일의 장례가 요란도 하구나
마나님 한마디가 웃겨서
"이제 밥맛이 살아나겠다" 한다

오늘은 의외로 따스하구나
요즘 힘든 일이 많다고 하던데
하나씩 잘 챙기기를 바란다

별이 떨어진 그 구멍은 살아서
아메바 번식이 되어
2개 4개로 무한하게 늘려간다 하여도
하늘의 크기는 늘 그대로라

희야를 기다리는 내마음 또한 무한하여

문득 하늘님 얼굴이 생각이 나기를
너무나 못생겨서
코는 언청이, 이마는 벌판이고, 눈은 처져 있고
그리고 입술은 썰어 편육 만들만큼 두툼하고
히힛...... 그리고

나 또한 언제인가 떨어지는 별 되어도
하나님에게 가지는 아니 하련다
못생긴 얼굴 보기도 싫기에

그냥 희야 곁에 있기를 바랄뿐.

# 희야27

거리가 쓸쓸하다
오가는 이들의 발걸음에

낙엽은 매어달려 부르부르르
몸살기로 앓는 소리를
가냘프게 토해내는 한낮에.....

노란 은행 이파리 날리며
은행나무 또한 가는 가을에
옷을 벗기우며
앙상한 가지로 겨울을 맞이하련가

희야를 알고나서
사랑의 가슴에는 잔잔한 낙엽소리
가냘프게 아해의 숨소리가 들린다

늘 쌔근쌔근
평온으로 잠자고 있단다

곧 눈이 오겠지
그리고 낙엽 사이사이로
하이얀 추억이 뉘어가겠지
내마음도 함께 섞어 희야를 불러보려
거리를 바라보고 있단다

앙상했던 나무가지 틈틈히
눈꽃이 피오를 때면
나 또한  텅바어진 가슴에
순백의 사랑이 성글어 가겠지 하며

겨울 눈을 기다리고 있단다
희야가 안겨오리라는
기다림으로.....

# 희야28

우리는 흔히들 그리 쉽게
인생은 별게 아니야 하며 말하겠지
마치 세상을 다 살아온듯이

살아온 것이 쉽더라만
다 그런거야 이해를 하자 하지만
보이는 풍요 속에 쩌든 이들
쉬이 쉽겠느냐 묻고싶단다

희야! 이제야 삶이 사랑인 것을 알았고
깨우치기를 늦었을까 되물어 볼까?

왜? 사느냐 물었더냐
왜? 사랑하느냐고 물었더냐
왜? 태어났느냐 물었더냐
왜? ..........???

그 모든 것이
지난 후에는 속절 없건마는
지금도 또한
왜냐고 묻고 싶단다

그러게 우리는 마음속에 서로 살아있겠지
왜? 라고 묻지 못하는 그런 삶이 아니기에

휴식

# 희야29

아침에 출근하려면 나뭇계단을 하나씩
오늘도 또한 가을이 뉘어 있는 계단
하나하나에 기도하며 하나씩 올라갔었지

변한 것이란
낙엽이 두툼하게 가을을 입히며
바람  또한 차겁기를 더해가니
한겹씩 덧씌워 가는
내 옷이나, 계단의 낙엽이란다

어느 멋진 시월도 채 못만나고
멋드러진 거짓 세월도 저만치 가버리니
쓸쓸하기는 하지만 그래도 남겨진 속살에
매력이 괜스러이 년말이 기다려진다

비록 그런 시월은 꺼풀로 벗겨 떠나가고
촉촉하게 비에 젖은 낙엽들
남겨진 흔적들의 작은 아쉬움 또한 아쉬워서
나는 마냥 기다리고 있단다

곧 하이얀 눈이 낙엽을 품으며
그리움과 설레임으로 하모니를 이루는
12월엔
바람이 바람을 불러세우기를.....

# 희야30

모두가 하늘은 푸르다
그리들 말하지만
때론 아니라는 것!

흔히들
하늘을 푸르다고 말하지만
늘 변하는 하늘의 색깔들은
내가 선글라스를 끼고 있지 않지만

오늘에 알게된 것은
하늘이 선글라스를 끼고 있다는
그런 사실을 왜 몰랐을까

하늘을 멍청하게 바라보는 나는
결코 멍청하지 아니하다
이제는 당당하게 말할 수 있다는
쾌감에

희야!
나는 이제 살 맛이 나더란다
당당하게 하늘을 바라볼 수 있는
그런 하루였단다

# 희야31

사랑이 무엇일까
삶이 무엇일까
그런 생각은 누구에나 흔하게
또는 집착할 수도 있을 게야

누구나 사랑을 또는 삶을
느끼며 젊어지며 그리 살아가건만
애써 외면하려 그럴 때도 있겠지만
결국에는
삶과 사랑에 빠지는게 인간이 아닐까

흔히들 사랑을 모른다고
설피 외치기도 하지만
이미 그는 사랑에 흠뻑 취하여서
삶을 갈짓자로 그려가고 있을 게야

모두가 삶 속애서 사랑을 하면서도
부정을 하려는 그런 마음일게야

희야!
감기를 알아본적이 있니
몸살을 알아본 적이 있니
사랑도 모르게 그리 오는 것이란다
삶도 그리 느끼는 것이 아닐런지

막걸리 한잔에 채워지며
온몸을 설레이게 하는 그런 순간에
사랑이란 꽃이 피었다가 또 사라지고
그런게 우리네가 겪어가는 사랑 이야기로
피고지고 지며 피워가는 삶의 이야기

사랑이란 삶의 사치성!
아니
삶에서 사랑이란 예술일까?

그래서 우리들은
사랑을 하고 삶을 불러내며
삶을 치장하느라
짧고 속절없는 사랑을 하는 게 아닐런지?

# 희야32

아무리 젊다 우긴들
세월이란 낙엽더미
쌓이고 쌓인 이곳에는
온갖 아름다운 밀어들이
자늑자늑 조곤히 떠놀리건만

괜스레 슬퍼지는 것은
내가 가난해서
내가  못난이라서
내가  나이들어서
그런 것보다는

하찮은 욕심의 찌꺼기들이
가을이 간다하니
낙엽 속에 튕겨 나와
나의 눈을 어지럽히는 곤혹들
그들에게 유혹을 쉬이 받아들이는
아둔한 지금이기에

얼마 남지 아니한 여정의 종점
저 앞에 보이건만
아직도 젊다 우겨가는 욕심이
봄날에 민들레 홀씨로 널려 보이는 것이
마지막 삶의 치기이련가

마지막 마지막 하여 왔기에
오욕의 늪에 더 깊이 빠지건만
젊다 한들 어이  헤여 나오련가

이런 슬픔을
아름답다 칭송하는
또 하나의 다른 거짓들이 더하니
여기서 걸음을 멈출까
망서리고 있더란다

# 희야33

하나 깨우치니
또 하나 성글리는 사랑이야기

우리가 우주를 느끼는
또는 상상하기를
거대하다 하더라만
품어온 사랑만큼 거대하련가

무심코 지나치려다
담벽에 피어오른 이름 모를 꽃 한송이
몽우리진 그때는 몰랐단다
겨울이라는 꽃 이제 피어 오르리라

문득 떠오르기를
첫눈이 오는
그날에 설레이기를
혹여 내곁을 스친다면

눈내리는 소리로 미소를 지어
눈 내리는 향기를 곁바람에 흔들어 보렴

이것도 저것도 수줍어서 못하겠다면
그냥 모른척 부딪혀서 인사를 하던지
지나가며 손장갑  살프시 흘리던지

희야!
마냥 설레고 있으련다
이번 겨울 지나면 봄이 오겠지만
너는 오겠다는 기약도 잊었더냐

비어진 빨간 우체통에
네 소식 하나로 채워지기를
사랑 아야기
또 하나 깨우치고파

# 희야34

첫눈이 내린다
오이도 해변으로 달려갈까
그리고 밤에는 종로3가 피맛골에서
세숫대야로 막걸리를 마셔볼래

그리 사랑한다 조아리기 보다는
눈빛 하나로 갈매기 불러 첫눈을
푸른 파도에 함께 뿌려볼까 물어볼래

천만번 사랑한다 되뇌이기 보다는
변함 없는 믿음 하나로
사랑해 말은 못하여도 따스한 미소 품어

사랑해 사랑해 사랑해 하며
가슴 속 깊이 밀려드는 메아리로
밀려가다 가득 차오를래 하며

희야!
첫눈이 풍요하여 내 마음에 가득하니
저 바다도 취하도록
이곳 인사동 뒷골목에 불러들여

함께 위하여! 불러보자
술잔에 초대할까 다시금 웅어리기를.....

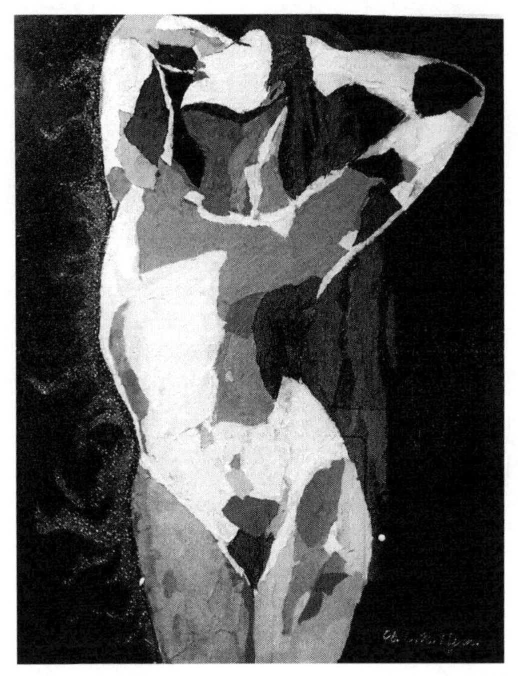

여신

# 희야35

예전의 이 거리는
이 시간에 많은 이들 발자국 소리에
낮잠이 찾아오기 힘들었는데
오늘따라 졸립다

오후 4시가 넘도록 개시도 못하는
쓸쓸하기만 괜스레 내일이 걱정되는
그런 우울이 나를 졸립게 한다

11월은 그리 가겠다 한다
엊그제 첫눈이 요란스레 온 것 이외에는
딱히나 즐거움도 없는 빼빼로 데이라 하여도
아무도 관심을 갖어 주지 않는 11월
참 졸립기만하다

그러나 곧 12월에는
눈도 많이 내리고
곳곳에서 불러 주겠다는
바람소리가 기다려진다.

크나큰 기쁨이 기다린다는 12월
희야와 함께 하고파라
중얼리며 낮잠에서 헤어나는
노인이 된 어느 중년의 투덜거림으로.....

# 희야36

삶을 누리면서
늘 좋은 일만 있겠느냐
때론 궂은 일도 있더란다
혹은 지쳐있어 힘들기도

오늘은 아무 생각 없는 것이
내 마음이 잠을 자는 게 아닐까 하여
토닥토닥 아기를 두드리듯....

방금 10개월된 아기를 안고
버스에서 내리는 엄마의 모습이 평화롭다
나 또한 저런 때가 있었겠지

희야!
삶을 품고 지금에 서 있기를
마음에 평화와 온유로
아기와 같이 잠시라도
나는 내 안에서 누리고 있단다

살아간다는 즐거움이
가득한 요즘이란다
희야 또한 그러하기를
간구하고 있더란다

# 희야37

첫눈에 좋은 또는 반했다는 그런 흔한
연애 이야기로 우리는
수다를 떨기도 하던 그런 때가 있었지

첫눈이 내리는 설레임에
어린 날에는 동네 골목에 눈덩이를 굴리고
젖어버린 벙어리 장갑 벗어던지고

첫눈이란 겨울이 왔다는
지금도 그리 설레이기는 여전하기를

몇일 전 첫눈에 그려지는
첫눈에 반한 그녀의 느낌이 사라질까
유리병 깨질까 조심스럽기도

첫눈 이후
그녀를 사랑한다 고백했단다, 혹여 뜨거움에
흘러 녹아 내릴까 염려했건만

그녀는 답하기를
이쁜 그릇보다 질팍한 그릇이 좋은 것은
무엇이든 담을 수 있고 누구에게나 편안하게
꾸밈이 없어서 아닐까요 하는 그녀를
더욱 사랑하게 했단다

내가 그녀에게 느낀 그것보다
그녀는 더욱 힘차게 나를 포옹하는 것을 느꼈으니
이것이 연애보다 더좋은 첫눈에 사랑인가보다

그래서 일년에 한번인 그리 흔한 첫눈에도
첫눈의 마주침이 꽃을 피우려고
여왕벌 하나에 숫벌들이
일벌떼가 그 뒤로 땡벌도 따라서서
이 겨울에  요란하게 날개짓 하는가 보다

# 희야38

어제의 용트림에 화려하게 춤을 추던
한 여인의 치맛자락 허리춤이
내안에 멈추어서 그리도 흐놀리기를

자그마한 손놀림에 움찔
그리 마냥 좋아서
칠순이 넘었다고
흔히 삶을 정리하겠다 하건마는
나는 어이해 이제 시작이라고
우겨대는지 나도 모른다

고운 여인네의 손길은 더욱 그립고
마음은 마냥 봄날에 아해가 되어 들뜨기를
동짓달에 왠 소란인지 모르겠단다

희야!
너를 만나 막걸리를 마시던 그 이후로
봄은 봄이로세 젊어 노세 타령이니
회춘하려 몸트림 그런가 보다

여덟폭도 모자른다 열두폭도 모자르리
그 사연 그리도 많아 언제나 휘갈려 적으리만
풍요한 마음 속에 넉넉한 추임새 모두어라
황진이가, 서경덕이가 부러우랴

희야 별따기

# 희야39

끼 있는 여자가
바람을 몰고 오더니
오늘은 겨울비가 을씨년하게
하루종일 추적이며 내린다

일찌기 집에 돌아와서
딸기에, 땅꽁부스러기에, 햄에, 게 맛살에,
양배추를 썰고, 이것저것 더 추스려서
마요넷츠를 비빈다

그리고 막걸리를 마시고는
일찌기도 잠자리에 드는 요즘은
설피 피곤을 느끼고는 하더란다

끼 있는 여자가
바람을 몰고 오더니
어제는 첫눈을 불러대며 다가서더니
오늘은 간 곳 몰라 허전해 하기를

그러나 나는 나를
사랑하기 시작한 언제부터인가
상록수가 움트기 시작했단다

비록 나의 운명이
내일에 마지막이라 하여도
끼있는 여자가
비 눈 바람을 혹은 눈물을 불러낸다 하여도

나는 나를 사랑하리라는
매일 하루에 한그루씩 변함없이
상록수를 심어가는 내가

끼있는 머슴으로
내 스스로를 낮추어가며
싫어하는 이들도 흔쾌히 반기리라는
마지막일지 모르는 바람을 불러

나는
나는 마냥 멍하게 웃고 있더란다

별이 된 희야

# 희야40

사랑해를 천만번 외쳐 보느니
단 한번의 따스한 눈길이 더 좋을 게야

사랑 보다 더한 사랑이 있을 게야
말보다는 느낌으로 아는 게야

희야!
흔히들 사랑을 한다면서
소유로 서로를 갖겠다 다툼일랑
옳바른 사랑이 아닌 걸
우리는 서로 알고 있기에

사랑해 하는 말보다 건네는 눈빛
질러오는 느낌 그게 너무 좋아서

서로를 떠받들며
서로를 위하기를
서로의 내일을 재촉하여
사랑의 마중물을 쏟아 부을 게야

모과열매 그윽한 향기로
걸근대던 지난 거품들 몰아내고
나는 오늘 그것을 조금만 씹어보고
이게 사랑인 것을 더하기를....

# 희야41

배구 경기를 보다가
선수 하나 자빠지며 공을
받아 넘겼다

불편한 자세로 받아서인가
통증을 한참이나  호소한다

나 또한 최선을 다한다
때때로 모임을 운영하면서도
내가 왜? 이걸하지
의문이 생긴다

여인들은 땡깡을 부린다
그 녀자와 잘 해봐유
사내들은 바쁜가 보다 어쩌다
구경꾼으로 액스트라로

코트에 있는 그들이
일심으로 뭉치기를 바래
그는 몸을 코트에 던진다

하나의 목적을 이루기 위하여
우리는 힘을 합쳐야 하거늘
나보고 사랑타령하잔다

이념의 칠순
아직은 쓸만한가 보다
그런 소유욕의 댓가에
짜증이 가끔 나기는 하지만

나는 싫다
몇몇은 몇푼의 찬조금으로 옭아메려고
그런 작태가 불편하기만

# 희야42

밤새 안녕
어쩌면 어제 내 글을 보고 걱정했을까

요즘의 글은 거의가 나를 위해 달래려 할뿐
더 이상도 이하도 아니란다.

그러니 염려는 뚝!
어제는 어제일뿐 그리 늘 말하기를
오늘은  새롭게 또 태어나니
늘 생일이라 노래하는
어느 멋진 여인이 곁에 늘 있기에

나 또한  그리 살리라
나  늘 거듭나리라
나 비록 이제껏 롤러코스터 삶이라 하여도
나 오늘 여기 정착하련다며.....

희야! 이런들 어떠하리 저런들 또한
세월에 흐느적인 삶이라 하여도

나의 갈길은 늘 너른 바다로 향하고
어느 날인가 그 너른 바다를
술 한잔에 담고 풍류를 즐기련다며.....

둘이 하나 되어

## 희야43

마음이 평온하니 복이 있도다
믿음이 더하노니 큰 일을 이루리라
사랑은 소유가 아니라 깨닫기를

천지가 회동하여
율려의 기를 받기를
이보다 더한 사랑이 있다 하련가만

지난 것은 아름답다
비록 그러한 일들이 혹여나
어제를 힘들게 하였어도

거대한 웅장함에는
한낱 티끌이라 하더란다

희야!
너를 알면 알수록 깊이를 헤아리기가
너를 만난 지금엔
태양의 빛이 수그러들어
늘봄 속 푸릇 풀밭에 만물이 기를 펴고 있기를

지금에 곧 하이얀 눈이 온다하여도
동지섣달에 만주, 시베리아 벌판에서
삭풍이 드세게 불어 온다 하여도

희야가 곁에 있기에
시를 읊어대고 노래를 즐기려니
늘 평온하기를 더해가는 믿음뿐
곧 봄이 오리라는 바람 속에

남극의 정점마저 부잡어
지구의 자전축을 휘둘리려
율려의 부름따라 호령하리라 하여
오늘도 시를 쓰며 읊고  있단다.

# 희야44

빨간 등대는 빨간게 아니다
때로는 핑크 빛을 발하여 꿈을 불러주고
때로는 진한 보라색에 오늘에 들떠 있더란다

갈매기가 군무를 이루며 요란한 소리로
사랑을 부르는 비 오는 날, 바다 또한 몸통을
비벼대며 꿈틀리며 갈매기 따라 춤을 추어
손짓하던 한 낮에 나는 문득 사랑을 알더란다

빨간 등대는 핑크만 있는게 아니다
때로는 파란색 혹은 하양색도 모두어
무지개로 빛을 발하고 있더란다

희야! 너를 알고 나서는 행복하다
너를 만나기 위하여
오늘까지 살아왔는가 보다 하며

지금에는 또는 내일에도
비록 이제껏 쓰다 남겨진
몽당삶이 풍요로 다가서기를

이제야 알게된
몽당진 살을 엮어낸 솔기를
찾아낸 이 기쁨일랑.....

자작나무 숲

# 희야45

들에 핀 꽃 그 하나가
나그네의 발걸음을 멈추게 하니
그 나그네는 나그네라 부르련가
조그마한 마가리 한채를 짓고
기나긴 동짓달을 머물고자 하더란다

들에 핀 꽃 그 하나가
여로에 지친 그에게 머물게 한 것은
한 계절 뿐이련가 그곳에 묻히련가

간지스 강가에서 죽음을 기다리는
노인이 되어 남겨진 오묘한 향기로
고고하기를 여전하련가
그는 묻지도 아니하고 취하여 있더란다

희야!
삶이 비록 곤하였다 하여도
어제는 어제일뿐 하며

들에 핀 꽃이여
어찌 이 곳에 피어 있던고
묻지도 아니하며
그냥 이곳에 머물겠다 하는 것일랑
오늘, 또는 내일에 의미가 없기에

들에 핀 꽃이여
찬란한 빛을 머금고 있기를
곧 발하려무나 주문을 외우기를
그 홀로보다 지나는 이들 모두를 불러
함께 머물자 권하기를

희야!
나 또한 그곳에 머물겠다 한 것은
샤넬의 향기 또한 기품보다 더 하기를

초원에 아름다움에 늘 존재하여라
흐르는 냇물 따라서 강물을 거쳐

희야는 하늘에 나는 바다에 묻혀
서로를 바라보며 늘 떠놀리라

# 희야46

친구여!
외로울 때 사랑을 하고 싶다면
먼저 베풀고저 노력을 했던가
자신에게 돌아보잔다

친구여!
그녀를 사랑하겠다 하는 것은
그것이 사랑이련가 되돌아 보면 어떨지
그냥 욕심이 아니련가 되물어도 보며
사랑을 하겠다 말을 하련가만

흔히들 사랑한다 쉬이 내뱉건만
그것은 몸을 섞어 보겠다는
아둔한 생각일런지도 모르겠네
동물적 욕구가 아니기를 바란다네

사랑이란
삶을 정갈케하며 혹은 끼를 찾게 되어
스스로를 경지에 다다르게 한다는
그런 느낌을 받은 적이 있던가

하여! 사랑은 흘러간다 하네
고이기를 거부하는 몸짓이려니

사랑을
하게 되면 아름다워지기를
삶의 희열이기를

친구여 부탁하건데
사랑을 하겠다 하여 스스로를
비하시키지는 말아 주게나

사랑이란 서로가 위하기를
진솔과 진실로 솔기를 이루어
함께 하는게 아닐런지
다시금 묻고 싶다네

# 희야47

어린 날엔 옆집 영선이
앞에 서면 괜스레 빨개진 얼굴로
말 한마디 못하고

크리스마스 이브엔 그녀 집 대문에
난 너를 사랑해 하고 카드에 적어
몰래 던져놓고 왔던 그런 이야기

그러나 그녀 곁에 머물고 싶어
바라만 보려해도 멀리 이사간다며
전학 가는 날 내 앞에서 울먹거리고
그녀의 엄마는 그녀를 달래기를
오래전에 좋은 추억이 있었지

꽤 오래전 이야기이건마는
그때가 선하게 기억나는 것은
어린 날로 돌아가고 싶어 그러겠지

만약에 그 뉘가 지금
그녀를 만나게 되면 어찌하겠느냐 하면

난 지금이라도
소꿉놀이 하겠다 말하려네 육신은 쇠하여도
마음은 그날에 있기를

희야!
그래서 우리는 추억을 먹고 살기에
희망과 행복이 가득하다
살맛이 나는게 아닐런지

# 희야48

새벽 4시에
“사랑한다 정말로 너를” 하는 멜로디가
년말의 어수선한
아니!
취하여 몽롱하여 비어진 머리속을 울린다

예전엔 크리스마스 하면
새벽송을 돌다가
시린 손 발을 따스한 아랫목에 서로가
몸을 부비며 장난을 치던
그런 추억이 떠올랐건만

이젠
일년이 달려가는 굉음도 못듣고는
올해도 어찌 살아왔던가 기억도 못하면서
내년 살림 걱정만 가득하구나

희야!
멋도 모르면서 이여인 저여인에게
사랑을 구걸하던 좋은 시절도 저만치....

희야를 만난 그 이후에
사랑을 알기 시작하니 사랑을 할 수가 없더란다
산다는 것에 사랑이 빠진다면  사는 것일까

나의 깨달은 사랑이란
절대적이지를 못하더란다

사랑한다 그말은 상대적일뿐
내가 사랑을 하려도
상대방도 사랑을 한다 하지만
서로의 규격과 품위가 낯설고 서투르기를

년말의 거리에는
사랑한다 공허한 매아리뿐
내년에는 사랑을 할 수 있기를
기도할 뿐이란다.

# 희야49

사람을 서로 만난다는 것이
사람과 사람이
서로 대화를 한다는 것이

사람들은 서로가 가면을 쓰고
사람이 아닌 탈을 쓰고
서로를 숨기는게 옳을까만

그냥 있는 그대로
서로를 그려가면 좋으련만
마냥 좋으면 좋다고
서로를 위하려고 하면 어떨까만

왜들 이리도 힘들게
왜 그렇게 거짓으로 위엄을 떨치련고
그래서 술에 취해본다
거품을 물고 거품을 일구어서
자신을  숨겨가는 이들을 마신다

희야!
너를 힘없이 불러본다
어쩌면 오늘 밤 그리 너를 불러 보는게
마지막일지도 모른다는
거짓의 두려움에 묶여 있기에

너마저 못믿을까 두려움에
그런 낭떠러지에 나는 서 있기를

차라리 내 스스로를 버릴지언정
너를 못 믿겠다는 그런 거짓말 아니 하려고
지금에 이런 고통의 멍에를 지고
나는 추락하련다
나는 추락을 하고 있다
나는 추락하며 보이지 않는 어둠으로.....

사람이 사람을 믿지 못하는 지금에
그런 사람으로 살아 있다는 게 너무나 부끄러워
희야 하나라도 믿고 싶기에.....

# 희야50

세상이 추하다고 말했던가
삶이 왜? 이리도 힘들던가 했던가
불행하다고 하소연 하련가

아름답기에 추함도
편한 쉼이 있기에 힘들기도
행복하기에 불행도 알기를

사람들은 너무 쉽게 살려고 한단다
예수가 죄가 많아서 십자가애 매달렸던가
자식을 사랑하다 못해 죽어가는 모성애에
침을 뱉으련가 생각이 많은 밤이다

하늘로 돌아가서
이 세상은 아름다웠다고
살아 있는 자들에게 당당하게
소풍을 잘 다녀왔다고
말할 수  있으련가 묻고 싶단다

그립다
허잡스런 문명의 노예질에 익숙해진 지금을 벗어나
한땀한땀 흙을 일구고 씨를 뿌리면 새싹이 돋는
자연의 숭고함이 그리도 그립기를

희야!
우리라도 그리 살자꾸나
실개울 흐르는 산천의 품을 안고서
땀을 흘려 일구어내는
아름다운 자연에서 .....

# 희야51

메리크리스 마스
희야!

사랑을 알기 시작했고
삶을 느끼며 시를 불러냈고
혼을 덧칠하기를

그런 새로움으로
몽당진 풍요를 느끼는
빈곤한 나는

지금 행복하단다
어느 노시인은 오래살자 했건만
삶에 대한 미련은 버려진지
꽤 오래란다.

"아름다운 이세상 소풍을 끝내는 날"
하며 세상은 아름다웠다 하리라는
이미 떠나간 아름답게 살다간
시인을 생각키우기를

희야!
아들에 대한 고통으로 요 몇일간
힘들었다 하여도 팽개치련다

메리 크리스마스로
후욱 불어 날려 버리련다
인간사 새옹지마라
하지 아니했더냐

곧 다가올 내년으로
그동안 지나쳐온 그런 인연들 잊고서
희야와 함께할 좋은 여인들과
또한 함께할 머스마들이 있기에

빈곤이 비록 거대하였다 하여도
나는 행복하다고 당당하게 말하련다
그곳에 가서도 행복했다고
그리 말하련다
늘 메리 크리스마스로 지냈다고.....

# 희야52

바람이 분다
년말의 가는 바람 아쉬울 손
그냥 가고픈 곳에 가라
뒤도 아니보고 쌀쌀하게 보내련다

바람이 불어 온다
바지춤 올려주며 살풋 안겨 오기를
봄바람은 아니건만
이르기를 마중물 같다하니
마중바람이라고 불러달라 떼를 쓴다

혼을 실어 미소를 품고
여릿하지만 힘을 싣고 활짜기 웃겠다
손사래 치며 안기겠다
맞이 하면 어떠냐고 풍요롭게 웃는다

바람은 바람을 불러 함께 오겠다
조금만 더 기다려 달라 마주하기를....

희야!
너를 만난 후에는 바람도 색깔을 띄우고
혼을 실어 마중하는 구나. 너를 처음  만났을 때,
느낀 이질성에 비록 곤하기는 하였으나
너를 믿고 싶었겠지

찰라의 곤혹도 물바람으로 있었지만
이젠 무지개에 그 것도 쌍무지개로
나의 양 옆에서 춤을 추기를

이제야  알겠더라
희야의 믿음을
영겁의 무한사랑을....

# 희야53

가득찬 양동이에 물을 계속 퍼붓는
우매한 이들이 꽤나  많더란다

어떤 날 아침에
남산 약수터에 갔었지
아줌마 한사람
샘물을  바닥으로 빡빡 긁어 대며
패트 병  여러개에
담아가는 모습도 보았지

함께 술을 마시는데
꼭 같이 마셔야 제맛이라나
함께한 이들에게 억지로 권하던
그런 미련퉁이 벗들도 꽤나 있었지
술이 원수인양 자랑을 하면서

술을 마시던
약수를 퍼가던
즐길 수  있는 여유가 있다면

그는 그녀는
모두가 어우러져 행복하련만
무지한 욕심으로 함께하기가
요즘은 꺼려지더란다

사랑 또한 마찬가지 아닐런지
사랑을 소유로 알고 억지춘향 떼를 쓰는
그런 이들도 있더란다

희야!
늘 그 자리에서 흔들림이 없는
그런 믿음으로 서로를 끌어줄 때
사랑은 더욱 빛날터.....

# 희야54

거북아 거북아
헌집 줄께 새집 줄래
새해를 맞이하여
한해를 새롭게 맞이 하고파

내 맘을 달래며 주절주절
이제 일흔도 한참을 너머가건만
흔히들 정리한다 하건만
나는 어찌 새록새록 새롭겠다
억지를 부려가련가

희야
산다는게 쉽지는 아니할터
세월에 끌려가기 보다는
세월과 즐기겠다 하기를
엇그제 깨달아서 실천하는 즐거움
아는 이는 함께하겠다 하더란다

내일 일은 내일에 맡기우고
오늘에 충실하겠다
어제의 일을 모두어
잊을 것 잊고 버릴 것 버리기를
오늘에 토닥이며 달래고 있단다

희야
산다는게 무엇인지 몰랐을 때는
세월이 그리도 무거웠건마는
살아 있다는 존재감을 알고나니
행복을 끌고 있는 존재감으로

내가 살아 있기에
내가 삶을 즐기기에
또한
많은 이들 그리 바라보기를
이 또한 삶의 축복
아니련가  하더란다

거북아 거북아
헌집 받고 새집 주는
느림보 거북으로

# 희야55

마음이 모질지 못한 내가
결국에는 아들에게
인연을 끊겠다 통보했다

마음이 모질지를 못하기를
근 십년을 참다 못하여 보냈건만
그마저 괜스레 하였구나  하는
그런 후회이건만

지아비의 못난 뒤풀이에
이제는 아들까지 뒷바라지  하는
그런 모습이 너무 안타까워라
차라리 내 스스로 이곳을 떠나볼까

못난 지아비에 그 자식마저
한 여인 삶이 이조시대가 아니건만
헛된 뒷바라지  그만하라고
마지막 통첩을 보냈단다

희야
내가 있어야 가족도 있고 이웃도 있건만
못난 생각에 이제껏 살아온 것이
쓰나미 몰려오듯 나를 쓰러트리고 있다

왜? 살아왔느냐 뉘가 묻는다면
그냥 밀려 살아왔다
허영에 메이기를 이제껏이라

이제
아내의 행복이라도 찾아줄 수
그럴수만 있다면 더 무엇을 바랄손
그 뿐이란다

살아왔기에
홀로 살아온 것이 아니려니
그럴 수 밖에 없던 어제를 놓아주련다

# 희야56

그리 몰아치던 바람이
어데를 가고 적막뿐이니
쓸쓸하기 그보다 허전하더라

산사에 풍경 그 소리 멈추기를
지나가던 나그네 갈 길 몰라
갓 제치고 먼산 촛점 없이 바라보며
잠시나 쉬어볼까 눈 서린 바위에
걸터 앉아 희야를 그려본다

늘 그러하기를 했건마는
애써 부르려다
그마저 멈칫 망서린 까닭일랑
그저 놓아두자 하기를
내 것이 아닌 네것이니  하면서

곧 풍경소리 너울져 바람 이는
내일을 기다리자 마음 다독이기를
나그네 긴 한숨소리 숨죽여 배알기를

희야!  안녕하며
오늘 또한 부풀어 오른 그리움이건만
허전한 가슴 한켠에 내일에 하며
꿈으로 불러 달래며 이젠 뉘어가련다.

소식

# 희야57

퍕!
잠을 자다가 깨어나니
나에 대하여 웃음이 나온다
한강물에 몸을 던지려다
여인의 파노라마로
멈춧하기를 꽤 오래라

어떤 여인이
먹고 살려면 그림을 팔아야 해!
그림은 현찰이기에
그런데  나는 돈이 없어

또는 그림을 그리려면
성욕이 왕성하게 있어야 해!
힘이 있어 풍만한 표현이 되는 게야
그런데 그짓은 이미 잃었다는 게야

그러나 이미 살만큼 살아왔고
시심詩心을 접하며 읊어대니
두려움이 없어 좋더라며, 방금에
삶의 시작이다 하며 주저리기를

때로는 있던 것 없기를 허전하련만
몇줄의 시를 읊으며 학을 불러

선향仙鄕으로 나르는 꿈을 그리며
오욕칠정이 무엇이냐
퐙! 하더란다

오늘도 역시 기다리는 문자가 없어인가
나는 꿈자리로 학을 불러 달래며
퐙! 퐙! 퐙! 실없이 날리기를.....

# 희야58

귀하고
고귀하고
당나귀 같아서

어린 아해 당나귀 바라보는
또는 어느 시인의
"나와 나타샤와 흰 당나귀"
에 출연하는
여인과 당나귀 이야기로

나는 너를 어찌할 줄 몰라
그냥 바라만 보고 있단다

하얀 눈이 푹푹 쌓인 산골에
순결을 아는 여인과 하이얀 당나귀를
지독한 고독에서 우연히 만났기에

소주가 아닌
양동이에 들린 막걸리를
벌컥벌컥 마시던 희야!

보면 볼수록 귀하기에
마가리에 숨겨놓기 보다는
북한산 뛰놀리며 정기를 끌어안고,

싫커정 품어 더욱 빛나거라
박수갈채를 보내련다.

나는 희야가 좋다
어제가 어찌되었던 오늘에
내일엔 흰 구름에 실리거라
저 구름 바라보자
함께하리라 기원하기를....

# 희야59

나는 이제껏
한 여인을 등에 태우고
하이얀 눈이 푹푹 쌓인 숲속을 거니는
흰 당나귀로 알고 있었다

나는 이제껏
심순애와 이수일의 그리고
김중배의 다이야몬드에 얽힌 신파극으로
내 마음을 몽땅 주면
그런 순애보가 사랑인줄 알았다

나는 이제 보고 느꼈노라
비록 틀니를 한 칠순일지라도
킬리만자로의 설산을 뛰어노는
그런 표범의 흉내라도 내겠노라고

사랑을 구걸하기 보다는
차라리 사랑을 아니하고 지켜주겠다는
한자루의 비수를 품고
달려드는 하이에나로 부터 피를 흘려
그녀를 지키겠다 했었기에

나는 그들에게서 피를 요구하겠다
만년설 쌓인 킬리만자로 정상에 있다가,

그들에게 틀니로 물어뜯고
아니면 비수를 박아 피를 받아내겠다
그랬건만.....

희야!
나에게는 사랑이란 사치란 것을 알건마는
오래전에 묻어버렸기에, 킬리만자로의 표범되어
그들에게 비수로 갈기갈기 꽂아
그녀를 지키기로....

그러나
그러한 망상이 그녀를 더 힘들게
할줄도 모른다는 두려움에 당나귀로 되돌아서
푹푹 쌓인 눈 위로 자괴감 깊이
"히이~~~잉" 길게 울고 있더란다.

# 희야60

용돈이 궁한 고등학생 때
어머님 꼬드계 비싼 영한 사전
잊어 부렸다 했더니
쌈지돈 꺼내어 주더란다
아버님께 성적표 보여주며
성적 올랐다 자랑하며
영어 사전 잃어 버렸다
거짓부렁으로 또 용돈챙기기를....

대충 공부하고
유명대학 입학했다 하니
친척들 부러워 하기를
사촌 형님께 입학금 모자른다 하니
잠간 있어라 하며
동료들에게 돈을 빌려 주더란다

이게 문제가 된거야
내 스스로가 타락했던 젊음
신뢰를 싸구려로 팔아 먹은 나
이제 칠순이 넘어서 깨달은 게야

희야!
이제라도 아니 그럴 게야
믿어주라고.

황금 누드

# 희야61

동전에는 앞뒤가
양지가 있다면 음지가 있고
슬픔이 있다는 것
또한 행복을 알기에

재물을 쌓아 놓기만
지식을 축적해 놓기만
물이 고이면 냄새가 나는 것일랑
사랑도 바라기만 하고
위해주기만 바라는 우매함 또한

희야!
살아  있다는 것은
채워지면 비울 줄도, 숨도 들이키고 내뱉고
그런게 쌓아 있는 게 아닐까

그래 맞아 그래야 하는 게야
사랑도 주기만 하면 썩어갈 게야
앞면과 뒷면으로 우리는 함께야

이제 우리는 함께 또 시작이야
그리고 뛰노는 게 살아가는 것
그래서 살맛을 알아가는
삶의 즐거움이 아닐런지

음을 양으로 이끌어 가는
그런 게
전화위복이라 하는 게야

희야!
함께하여 주겠지.

# 희야62

기다린다는 것은
참 좋은 게다
괜스레 울렁거리니
그런데 힘이 들어

어릴적 이웃집 영선이를
기다릴 그런 때보다 무겁기도
혹은 달맞이꽃 빛깔도 섞인
그런 느낌은 무엇인지 몰라도
설레임이 무척 징하여
더욱 힘이 들기를

어린 날 토끼 집을 두드리는
토끼 가면을 쓴 늑대가 떠올린다
집안에는 여우 탈을 쓴 토끼에미가
새끼들 멀리 여행보내고
있다는 것도 모르고 침만
흘리는 꼴이란 참!

알아 갈수록 희야의 속 깊이가
얼마일까 궁금하건만
나는 모른체 한다
왜냐고?
모르는 게 희야를 도와주기에

# 희야63

살아오며 살아오기를
아쉬울 때도 있지만
뿌듯하고 좋을 때가 더 많더라

아니!
그냥 아무 생각 없이
세월에 밀리고 밀려 오다가
행복이란 조약돌을 줍고는
온세상이 몽땅
다 행복뿐이라고 할때도 있더란다

희야!
또한 힘들 때가 많으리라
그리 알고 있기를

그 때는 햇쌀에 반짝이는
조약돌이 주위에 있을 게야
그거 하나 찾아 품에 안아보면
온 세상이 잠시라도
아름다워 보일 게야

# 희야64

장미에 가시가 있다
그리들 말하련만
세치혀 놀림에는
별것도 아니란다

늘 생각하기를
부족한 삶 채워보고자
장미 한송이 보쌈하여
그리 그리 읊조리련다

사랑보다 더한 함께
그런 사이가 되기를 바라건만
어찌하여 나는 그대를
구속하는 마음뿐이니

희야!
너무 힘들다 말하련다
있는 그대로가 좋건마는
어이해 어이하여
나는 바보가 되어 있더라냐?

장미가시에 찔린 릴케가
때론 부럽더란다.

# 희야65

젊은 남녀 둘
경노석에 앉아 핸펀만 들여다 본다
외국인인가? 옆자리 부인이 여기는.....
그러니 그제야 일어난다
그리고 한국말로 중얼거린다

몹시 피곤해 보이는 그들은
밤새 무엇을 했을까
인구증가에 힘을 가한 표정들.....

몇년만에 기차여행
철로가 가즈런히 여러갈래
갈 곳으로 이어지겠지

기차가 출발하며 안내멘트가 이어진다
예전 젊을 때 기차내 풍경은 간 곳 없다
나 또한  깔끔한 마음되어 창가에 비추인다
변해 있는 오늘, 좋은 어제만 남기련다며

희야!
예전의 씩씩한 칙칙폭폭은 저멀리
달리는 소리가 지금에는 경건?하게
어제를 달래며 달리고 있더란다

# 희야66

또 한꺼풀 벗기니
양차내음 아리며 새록인다
껍질을 제끼고 세상을 본다

처음 보는 갓생명
탄성을 지르며 울어대기를
그 눈동자 또한 빛을
발하는 옹달샘이 아니련가

희야!
아해는 옹어리며 그리며
새록새록 내일의 꿈을 꾸며
바람을 불러 노래를 하기를
그리 함께라 싶건마는

어느날 걸음마로
이곳저곳 품으며 춤을 추며
하늘을 끌어 안고 별 달도 불러

그리그리
나는 희야의 꿈속에서 아래가 되어
옹아리며 늘 그리 있더란다

# 희야67

그리도 힘들다고 하여도
살아 있기에 숨을 쉬건만
어이해 못난 생각으로
힘들다 스스로를 숨겨야 하련가

무릇 삶에는 무지개 7색에
더하기로 있다하련만
사랑이란 허울뿐 그 마음이
비록에 어설프다 거절당하여도
지금도 알파로 그대로인 것을
오메가 또한 알파라는 것을
아는가 모르겠다오

희야!
지나온 세파가 거칠다하여도
또한 내일도 힘들겠다 할지라도
진실이란 숭고한 것
변함이 없건마는 잊으려면 잊으소서
나 그리 알겠다만

한마디 덧붙인다면, 내일
이른 아침 태양은 또한 떠오를테니
맞이하던지 아닌지는
그대의 몫이 아니련가 하더라요

# 희야68

산다는 게 다 그럴 게야
어제에 오늘로써 그 위로 내일이 있어
지층이 되어 차곡차곡 쌓여갈 게야

그 위로 봄이 되면
새싹으로 움트는 삶이  있어
언땅이 녹아 바람 품어
성큼성큼 바다로

희야!
시린 땅 그 안은
늘 봄이 있어 따스할 게고
또 한해를 열어간다
약속을 하겠지

그래 엎어지면 일어서고
그런 오뚜기로 살아갈 게야
일어선다는 그것은 바람이라는
홀로보다는 함께로.

황금 누드

# 희야69

불던 바람이 멈춧하기를
흔들리던 사래질 어데 있던가
둘레둘레 돌아 보아도
갈대밭 숨소리 그마저도
어데로 숨어 있는가

기다린다는 것에
오래전부터 익숙해 있건마는
괜스레 두근두근 심장이 뛰노니
어이타 어이하다 답답하기를
그리 오래도 아니건마는
어인 연고이련가
기다리겠다 또다시 다잡기를

찰라의 상사병도 아니련만
황진이 벽계수도 아니련만
사랑 또한 애증도 아니련만
이념의 성깔  참 못나기만

행여 간다하여도
부잡을 연유라도 있으련가
하! 어찌하오리까
어찌 달래볼까나

희야!
이 몸 길게 늘어지기를
산산히 쪼개지며 흩어지련다는
막연한 초조 속에
흔들리는 촛불되어 처연스레라

# 희야70

끼 있는 여자가
끼라는 비수를 품고
춤을 춘다

예전에 장안의 소문난
명기를 품고자 문전옥답 모두어 팔아서
그녀와 살고지고 상경한 어늬 한량이

돈 떨어져 마당쇠로 일년을 있으며
밤마다 다른 남정네와 내지르는
그녀의 교성!
그 소리를 자신으로 착각했다는
그런 이야기가 문득

동지섣달 그믐에
몇푼의 노잣돈 얻어
귀향을 하다가

하! 기가막혀 처연하기를
혹여나 인당수에 쌓인 공양미 헛것에
뱃길에서 뛰어내렸다는,

어느 바다의 그 한량 귀신이
씌워져 시달렸던 젊은 날 그런 나날들

희야는
그런 허울 씌운 명기가 아니라며
묘한 끌림에 설레이기를
상큼한 끼를 불러 주는 요정이라
차라리 불러볼까 하려나니

때로는 애증으로
숨겨 놓은 비수를 반짝이는 절개
그래서 나는 희야를 좋아 하는가 보다
희야를 향하건만 풀어놓을 재물 없어
안타깝기만! 그마저 행복이랄까

허나 머슴살이 아니하여도
나는 희야의 정원에 살며시 숨겨들어
마당도 사랑품어 쓸어주겠다 하기를
어느날 아침 앞마당이 낯이 설다면
나를 꺼내어 기억이나 해주렴.

# 희야71

훨훨 타오르는 화톳불
꺼져가는 장작의 불그레한 빛
그 모두가 내음이 다르더라

바람이 분다 불길은 바람에 밀려간다
바람을 불러 태워달라 내음을 풍기기도

바람이 부는 것도
화톳불이 타오르는 그것 또한
촛불이 타오르고 꺼지는
그 자유로운 내음이 모두 다르기를
여인의 손길이 그리워진 거문고 하나.

타오르다 꺼져간다
그리하여도
작은 불씨 숨겨온 그 이유란
늘 젊다는 내음에 가야금이 울기를

희야!
너를 알고부터 숨바꼭질로
숨어 있던 불티가 튕겨온다
거문고 선률에 얹혀 달려들며
시린 내 가슴을 뜨겁게 달구어
단내음  가득 몰고 태우련다며.

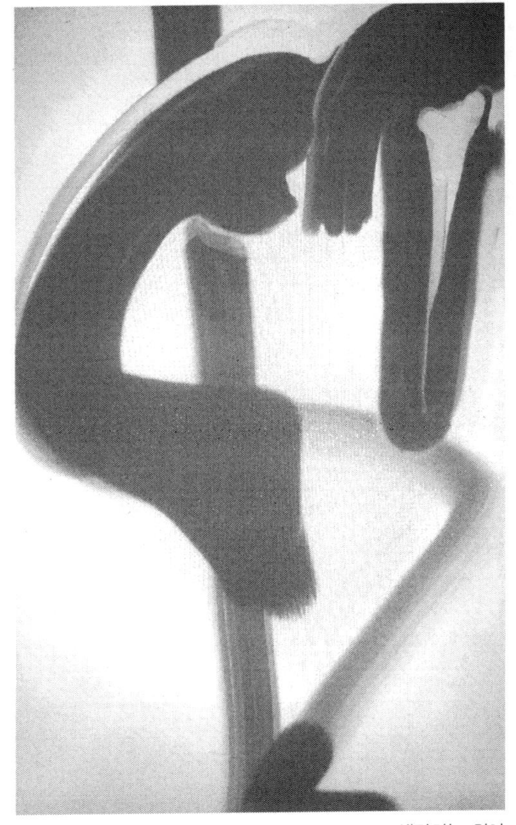

생각하는 희야

# 희야72

어느 가을 비오는 날
바다가 보고 싶어
오이도로 달려갔었지

갈매기가 무리를 이루며
파도는 엉덩이를 들썩들썩
바닷가 모두어져 합방을 할 때

방축대를 거니는 몇몇 중에
미소 가득한 삼십 초반의 여인을 만났지

그녀는 나와 서슴없이 눈을 마주치며
이런저런 얘기를 짧게나마 나누었다지

그래서 희야가  탄생한 게야
내 마음 깊숙하게 숨어 있던
희야!

그냥 우리는 엇갈려 헤어지고
그리고 버스정류장에서 또 만나고

그런데 무언의 약속으로 다시 헤어지고
나는 그 약속과 지금도 만나고 있고

희야!
늘 곁에서 쪼아리며
때론 땡깡스레 칭어리는
네가 있어
나는 행복을 움켜쥐고 있는 게야

늘 함께라는
그 한마디가 좋아서

# 희야73

고목에 싹이 튼다
서너아름 되는 짙은 퇴색 그위로 봄이
튕겨오니 그 더욱 행복도 더불려라

흔히들 고목이라 하면
앙상하게  패인 주름골 그리들 그리지만
아니라 아니라오 우겨가기를

희야!
피는 꽃 지는 꽃 어우러져 그 모두가
아름답기는 봄을 부르느냐  아니냐 의지일뿐
그리  바라보았느냐  묻고 싶기를

알고 있겠지, 어느 날 문득
뿌리 깊은 나무로 젊은 뿌리 엉켜성켜
연리지로 서로가 북돋우기를

아려지는 마음에  새록이는
옹달샘 언저리에 갓꽃으로 가득히
풍성한 그늘로 모든 이들 품고지고
희야!  함께하자 부르련다

사랑을 알게되고, 행복을  취하기를
그 또한 얼키고 성글어진 연리지가 아니련가
늘 또는 혹은 함께라 하더라니.....

황금 누드

# 희야74

우리는  다섯명이 모여서
소주에 맥주에 막걸리도 어우러져
이런저런 이야기를 했단다

지난번 혼불을 불러낸
그 모습 다시 보고 싶다하며
그림도 그리 혼이 춤추는
작품이 곧 나올 것이라 하며

이장, 무아, 신령, 사익 그리고 나까지
기도하는 마음으로 마시기를

희야!
우리 모두의 연인이라
입술에 침을 바르며 튕겨가며,

우리의 혼도 섞어 그려가기를
위!하!여! 하며 부어대는 밤이란다

미켈란젤로, 라파엘로도
그리고 세상에 회자回刺되는 이들 또한
끊임 없는 도전이 없었다면
지금에
그 이름 불려질까도 물어보련다

삶이 우리를 속이는게 아니라
우리가 살면서 거짓에 홀려가기에
그리 힘든 것이 아니겠느냐 하며
묻고싶다

희야!
우리가 곁에 있다는 것을
잊지는 아니하겠지
곧
태양이 떠오른다 떠올릴 게다

늘 혹은 때로는
어둡다 한들 시리다 한들

그것은
밝은  혹은 따사한 날이
오고 있다는 게 아닐까?

# 희야75

아침마다 면도를 한다
누구나 하겠지마는

오늘따라 사각사각 경쾌한 울림이
잔털도 제모除毛하고
상쾌하게 출근 중.

꽃도 자기 몫이  있고
벌나비도 각양각색이라
세상사 삶의 역활이 있기를

작은 그릇에 거대한 삶을
담구어 가려던가

희야!
사람들은 큰소리 흰소리로
갈망이라 허공에 소리 하기를
빈수레 요란하여 공해라 하여도
듣는 이 좋다면 그뿐이란다

삶에 갈망이 있는 만큼
욕망은 좋으련만
분수껏 살고지고 한다면
그마저 복이라 쑤근댈 게야

희야!
늘 그리 뒹굴며
둥굴게 살아가련마는
때론 모진 곳 있어
상처입기를

그마저 복이라고
위로를 함께 하자꾸나.

# 희야76

무릇 장수가 용맹할지라도
홀로 적진으로 달려간들
따르는 병정들과 멀리되나니

비록 뜻이 높아 홀로로
함께하자 한들 함께할 이들
있으련가 하더란다

희야!
천재가 갈고 닦지 아니하며  원석이 보석이련가 함께 하려는 갈망 있어 빛이 나련마는, 삶이란 서로가 존재로써 함께 하여, 광채가 더하련만 혹자는 용맹만 믿고 헛발질을 혹자는 높은 뜻이라 착각하기를……

희야!
우리는 서로 의지하여 어깨를
나란히 하여 하모니를 이루잔다

사랑이 아무리 흘러간다 한들
냇물이 흘러 바다로 향하기를

함께
의지하며 가고픈 곳 너른 그곳
함께 가자 하련다.

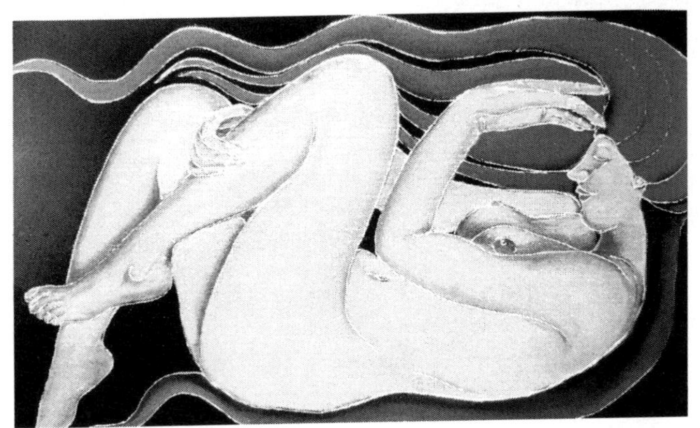
황금 누드

# 희야77

무언가
괭하나니 보고픔인가
상사병도 짝사랑도 아니련만
못 채워진 그리움이
나를 보채이기를
눈을 뜨면 부르고 싶은
희야!

모자르다 할 때가
좋다고들 하건마는
늘
그리하니 그 또한 탈이련가만
아쉬움에 나머지로 깃드는
따사한 응달 속에 피는 꽃이
그리하련가

희야!
오늘도 저물어간 하루
끝자락 부여잡고 괜스레라 하련가
기다리자 기다리자 기다리자.....
골백번 외어가며 기다리자
사랑이 아니라면 그리움이란
무엇일꼬, 면벽을 할 뿐이라

토끼가 간을 빼놓고
용궁에 갔을 리도 없건마는
나는 간을 빼놓고 기다리련다
그것이 그리움이라면
그것이 사랑을 부르는 것이라면
그것이 세월을 탓하는 것이라면

함께라면
혹여 있을까 하기를
있다하면
뜨거운 마음 더한 풀무질로
서로 보고 웃어대며

후루룩 젓갈질로 두 눈동자 마주치며
함께라며 웃어 주고 싶은
이 밤이란다

# 희야78

젊다는 것은 내 안에 있을 뿐
버스에서 또는 편의점 직원 또한
"어르신" 대접을 한다.
하~~ 세월은 흐르걸랑

착각을 하니 탤런트 흉내로
젊어지는 기분으로 늘 웃어댄다
삶의 연기를 서투르나마 즐기는
그런 노래를 늘 부르고 있더란다.

새가 노래하고 냇물이 졸졸 흐르고
내 안은 늘 봄날이기에 꽃이 피건만
그 꽃이 피던지던 내몫은 아니라며
함께 행복하자 즐기자 바라만 보기를

바람은, 비는 때가 되면 올 것 아니냐며
그리고 들과 산에 곧 따스한 태양이
우리를 품으리라는 꿈속에 있겠다고

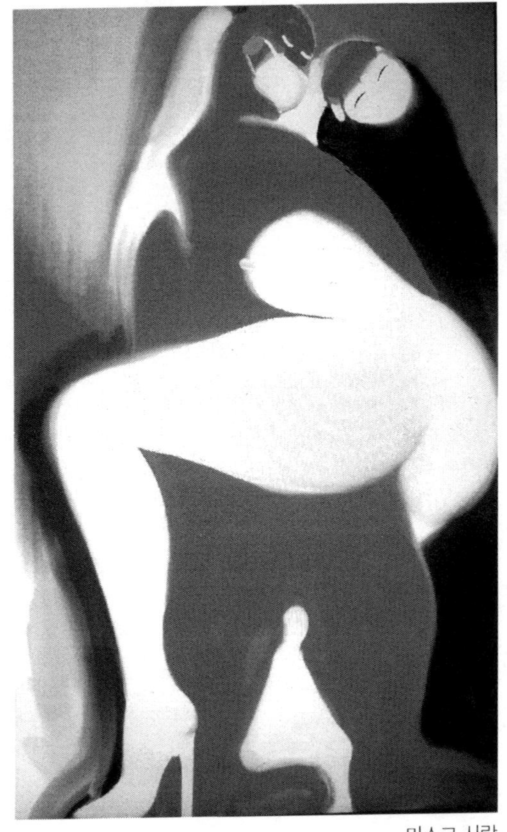

마스크 사랑

# 희야79

부부란
서로 위하고 위해주는 그런 한 켤레.
이제야 알았기를

얽히고 설킨 그런
반백년이 마음 속 깊숙하게
연리지 되어
또 한무더기 꽃을 피우기를

희야!
너를 알고나서  사랑을 받아들이고
쾌락의 뿌리를 함께하며
또한 함께라는 실뿌리로 엉켜오기를
고목에 봄이 찾아오며
힘차게 뻗어가는 행복이며
꽃이 움터라 피어 오르리라며
뿌듯한  내일이 있어
행복하다는 기쁨  또한 가득이라

이제 또 다시
봄이 왔기에 꽃을 피우려고
우리 부부는 서로가 그러하게
우리 부부는 서로가 웃음을 품고.

함께 다시금 어깨를
가지런하게 맞대가며
다시금 걸어보려  하련다.

희야!
희야를 불러보기를 여직인
그런 까닭일랑
또한 행복이라 주절리는 오늘에.

# 희야80

황진이를 만나고픈
어느 노시인은 젊어간다
내 생각에는 그녀의 혼이 깃들어
그럴게야 하며 상상에 부럽기를

그녀를 그려가며 그리 젊어지니
나 또한 그래야 할까보다
하여, 희야를 그려가는 나!

늘 혹은 때때로 희야를 불러 이런저런
이야기를 주절리며 사랑을 배우는 나!

희야가 절대적으로 좋고 사랑하는 것은
나이를 모르는 게 그래서이다

때로는 어머님 같이
혹은 누님과 같이
늘 소꼽친구 같이
함께해주는 희야이기에

그래서
좋아하고 사랑하고
늘 함께할 게야.

질투

# 희야81

꿈은
하늘에서 잠을 잔다 하여도

떠노니는 바람을 불러내기를
예나제나
늘 그런 바람이라 하더란다

하늘은 그리도 높다 하여도
내 안에서 늘 노닐겠다 우겨대기를
어린 날들이 있어 내 안에서
떠놀리니 그 아니 더욱 즐거울 손.

해넘이가 가까운들 두려우련가
이 밤을 다시금 즐겨보자 하는
그런 넉넉함으로 받아들일 별 달이
나를 향해 네 안에서 새록새록 솟아나니
그 모두를 받아내어 널려보기를

희야!
비록 지난 것들 모든 것이
늘 즐거울리 있으련가만
때로는 생각나기 두려움도 있건만
그마저 당당하게 꺼내어라
용기로 아름답다 할지어라

나는
잃어버린 시간들  모아모아
어여삐 덧칠하기를
이제 또 시작이라 하더란다

희야를 곁에 두고
늘 새록새록 숨결로 하리라며…

# 희야82

장미에만 가시가 있는줄 알았다
장미는 꽃중에 꽃이건만

희야!
속이 깊은 가시 있는 꽃 어린 날에 그리도 흥겹게
불러 보았던 할미꽃도 매력이 넘치기를

장미보다 우아하고 겸손을 품은 할미가 그리
고결할 줄이야, 오래전에 숨겨진 옛이야기들
이제야 보고 듣고 느끼며 깨닫기를

희야는 알고 있는지?
할미는 할미이기에, 그 안에 품은 것이 넘치기를
어린 날에 놀려주던 할미가 아니라
삶을 충직하게 떠받치는 꽃이리라

할미꽃이 불러대는 바람을 타고
우리는 거대한 알바트로스 떼를 이루어
바보 같던 어제를 용서하려 나르는가 보다

희야!
우리 또한 허세를 버리고
절제 있는 모냥새로
우주를 거머쥐면 어떨런지.

사랑밖엔 난 몰라

# 희야83

혹여 사람들이
희야가 뉘구냐고 묻는다 하면
그대는 자신을 알고 있느냐
우문愚問에 우답愚答하련다.

황진이는 지금에 없다 하여도
세인들이 그리워하는 것일랑
없는 희야를 품고 희망을 그리는
넋을 잃은 시인이 있었다는 이야기로.

나는 흔한 사랑을 내려놓은 지
꽤나 오래 되었건만
그런 사랑의 끄나풀이 남겨  여전하니
그리도 괴롭기는 예전과 같으니라

사람들에게 자신을 사랑하라
마치 사랑을 초월한 척하는 꼬락서니
그게 보기 싫어지기를 엊그제인가
문득 그런 내가 미워지더라.

희야!
소유를 무소유로 하는 그런 사랑이
진실하다 하면서 사랑을 소유하려는
내가 싫어지는 그런 연유이련가

때로는 몸살이 온듯하여,
밤새 뒤척이며 어린애 달래가는
내가 그리도 미워진 어젯밤이다.

말로만 하는 약속으로
속을 썩혀가며 익어가는 육신 또한
생각만 가득하기를 허우적이니
차라리 나를 버리는 게 현명한
또는 우매함 속의 깨달음 그뿐!

희야!
우리가 헤어진 것이 아니란다.

안녕..... 안녕...... 하였건만
별 하나 둘 그리고 여러 별들이 반짝이며
별사래로 나를 불러대는 밤이란다.

# 희야84

허상의 꽃 그리고 떠도는 신기루
피어올라 회돌이 치던 망상의 꿈들림.

모든 것이 또한
배신으로 돌변하는 어느 날
그는 꺼이꺼이 울기 보다는,

차라리 차라리라
오직 하나 남겨놓은
당겨질 큐빗의 화살을 내려놓고
허공의 절벽을 바라보며
꺾어 버렸다는 지나간 신화 하나로

희야!
올페의 리라가 지중해 해변가에
올페에게 버려지어 홀로 울고 있다는
그 곳으로 그는 가겠다 한다

맺혀진 꽃도 없는 언약을 믿고
무화과 열리기를 바라는 어리석음이
깨어나 보니 산산히 부셔져간
미명의 아침에 바람이 훑어가며
깨어진 리라 외홀로라 울리고 있더라만

이미 부러진 화살이기에
끊어진 줄이기에
아무 쓸모 없는 활과 화살
찢어진 북의 울림소리 듣기를 원하련가
해변의 잔물결 갈매기의 날갯짓도
멈추어진 지금에

아하!
찢어진 가슴이기에 울리지도 아니하고
부러진 화살 끊어진 활시위 널리나니
뒤늦은 망상 그 안에 맴도는
허영의 소용돌이에 휘말릴까 두렵기를

희야!
적막 그안에 고독하다는 하루가
해변에 달려드는 거품의 메아리떼들
야망일랑 배신과 절망을 뿌리치고

별 하나 내 품 안에 달려든다
바람을 품고 내 가슴을 열어달라 한다

식어가던 나의 육신이
뜨거이 달구어져 너를 품고 사르리라
올페의 리라 들고 현을 튕기고 있더란다

돌아온 희야

한톨 김중열 여섯번째 시집

인　　　쇄 2020년 9월 10일
초 판 발 행 2020년 9월 10일
지　은　이 김중열

펴　낸　곳 도서출판 보림에스앤피
펴　낸　이 채연화

출 판 등 록 제 301-2009-116호
주　　　소 (우)04554 서울 중구수표로 6길 22-1(충무로3가) 보림B/D
전　　　화 02-2263-4934~5
팩　　　스 02-2276-1641
전 자 우 편 wonil4934@hanmail.net
디자인•제작 (주)보림에스앤피

정　　　가 9,500원
I S B N 978-89-98252-34-2(03800)
*잘못된 책은 구입한 곳에서 교환하여 드립니다.